CONOCE LAS CIENCIAS BIOLÓGICAS

LOS ANIMALES

KATE MIKOLEY

TRADUCIDO POR ALBERTO JIMÉNEZ

Gareth Stevens PUBLISHING

ENCONTEXTO

Please visit our website, www.garethstevens.com. For a free color catalog of all our high-quality books, call toll free 1-800-542-2595 or fax 1-877-542-2596.

Library of Congress Cataloging-in-Publication Data

Names: Mikoley, Kate, author.
Title: Los Animales / Kate Mikoley.
Description: New York : Gareth Stevens Publishing, [2020] | Series: Cooce Las Ciencias Biológicas | Includes index.
Identifiers: LCCN 2019012447| ISBN 9781538250587 (paperback) | ISBN 9781538250600 (library bound) | ISBN 9781538250587 (6 pack)
Subjects: LCSH: Animals--Juvenile literature.
Classification: LCC QL49 .M6185 2020 | DDC 590--dc23
LC record available at https://lccn.loc.gov/2019012447

First Edition

Published in 2020 by
Gareth Stevens Publishing
111 East 14th Street, Suite 349
New York, NY 10003

Translator: Alberto Jiménez
Editor, Spanish: Rossana Zuñiga
Designer: Reann Nye
Editor: Kate Mikoley

Photo credits: Series art MriMan/Shutterstock.com; cover Ondrej Prosicky/Shutterstock.com; p. 5 Nico Faramaz/Shutterstock.com; p. 7 Per-Gunnar Ostby/Photodisc/Getty Images; p. 9 Rich Carey/Shutterstock.com; p. 11 Olha Rohulya/Shutterstock.com; p. 13 DelmasLehman/iStock/Getty Images Plus/Getty Images; p. 15 Ethan Daniels/Shutterstock.com; p. 17 Regien Paassen/Shutterstock.com; p. 19 diana deak/Shutterstock.com; p. 21 Catherine Falls Commercial/Moment/Getty Images; p. 23 Sergey Uryadnikov/Shutterstock.com; p. 25 wim claes/Shutterstock.com; p. 27 JoannaPerchaluk/Shutterstock.com; p. 29 jn.koste/Shutterstock.com; p. 30 Andrew Paul Deer/Shutterstock.com.

Printed in the United States of America

CPSIA compliance information: Batch #CW20GS: For further information contact Gareth Stevens, New York, New York at 1-800-542-2595.

CONTENIDO

Las palabras del glosario se muestran en **negrita** la primera vez que aparecen en el texto.

TODO SOBRE LOS ANIMALES

Ya sabes que las criaturas que ves en el zoológico son animales. Tus mascotas también lo son. Incluso tú, un ser humano, ¡eres un animal! Hay mucho más que aprender sobre los increíbles **organismos** que componen el reino animal.

SI QUIERES SABER MÁS

Los animales se clasifican en grupos. El grupo más amplio es el reino. Dentro de los reinos hay subgrupos llamados filos, clases, órdenes y familias. Las clasificaciones más **específicas** de un animal son el género y la especie.

EL REINO ANIMAL

Un reino es una agrupación de organismos. Todos los animales pertenecen al reino animal. Otros seres vivos, como las plantas, tienen sus propios reinos. En total, existen cinco reinos. ¡Veamos qué diferencia a los animales de los organismos de otros reinos!

SI QUIERES SABER MÁS

Los animales constan de muchas células. Algunos organismos constan de solo una.

EN MOVIMIENTO

Para vivir, los animales necesitan comer, beber y respirar. La mayoría de los animales tienen músculos, son partes del cuerpo que, junto con los huesos, hacen posible su movimiento, elemento clave para seguir vivo en el mundo animal.

SI QUIERES SABER MÁS

¡Hasta los peces respiran! Lo hacen a través de unos órganos llamados branquias.

A diferencia de las plantas y otros seres vivos, como los **hongos**, los animales pueden desplazarse de un lugar a otro. Por lo general, lo hacen caminando, corriendo, volando o nadando. Los animales también comen otros seres vivos, como plantas u otros animales.

SI QUIERES SABER MÁS

Moverse es vital para los animales, ya que así encuentran **fuentes** de alimento y agua.

Los animales cambian su comportamiento, su forma de actuar, en base a lo que ocurre a su alrededor. Por ejemplo, si un ciervo ve un depredador cerca, huye a toda velocidad. ¡Las plantas no pueden hacer eso!

SI QUIERES SABER MÁS

¡Algunos ciervos pueden correr unas 40 millas (64 km) por hora durante períodos cortos!

¿CÓMO LLEGARON AQUÍ?

Los animales que vemos hoy en día no siempre han existido. Los científicos creen que **evolucionaron** a partir de organismos unicelulares que vivían en el mar. Hace unos 350 millones de años, se trasladaron a **hábitats** terrestres y de agua dulce.

SI QUIERES SABER MÁS

No todos los animales tienen brazos, piernas ¡o rostros! Las esponjas son animales que, durante mucho tiempo, fueron considerados plantas.

¿QUÉ HAY PARA COMER?

Los distintos animales suelen tener **dietas** muy diferentes. Los que comen otros animales se llaman carnívoros, y entre ellos se encuentran los lobos y los leones. Los que solo se alimentan de plantas se llaman herbívoros, como los elefantes, las cebras y los conejos.

SI QUIERES SABER MÁS

El animal que come plantas y animales es omnívoro. Algunos que se consideran carnívoros, como los osos, son en realidad omnívoros, porque también comen plantas.

COLUMNAS BRILLANTES

Los animales se clasifican en dos grupos básicos: vertebrados, con columna vertebral, e invertebrados, sin columna vertebral. La también llamada espina dorsal, es una fila de huesos que protege la **médula espinal**.

SI QUIERES SABER MÁS

Más del 90% de las especies del reino animal son invertebrados que incluyen medusas y lombrices de tierra.

MUCHOS MAMÍFEROS

Existen cinco grupos principales de vertebrados: peces, **anfibios**, aves, **reptiles** y mamíferos. Un mamífero es un vertebrado **de sangre caliente**, que tiene pelo, respira aire y alimenta a sus crías con leche. Los cerebros de los mamíferos están más desarrollados que los de otros animales.

SI QUIERES SABER MÁS

¡Los humanos son mamíferos! como los gatos, elefantes, delfines y muchos otros animales.

BELLAS AVES

Al igual que los mamíferos, las aves son vertebrados de sangre caliente, pero tienen plumas y alas. Aunque todas las aves tienen alas y la mayoría las utiliza para volar, algunas especies, como los pingüinos, ¡son incapaces de alzar el vuelo!

SI QUIERES SABER MÁS

En un tiempo, los pingüinos volaban. Sin embargo, a medida que sus alas evolucionaron para ayudarlos a nadar, fueron perdiendo la capacidad de volar.

MANTENER EL CALOR

Los reptiles, los anfibios y la mayoría de los peces son vertebrados de sangre fría. Sin embargo, su sangre no siempre lo está, su **temperatura** corporal depende de cuán cálido o frío es el aire o el agua que los rodea. Los invertebrados también son animales de sangre fría.

SI QUIERES SABER MÁS

Los animales de sangre fría toman el sol para regular su temperatura.

ADAPTACIÓN ANIMAL

El cambio que ayuda a un animal a vivir mejor en su **medio ambiente** se llama adaptación. Que las alas de los pingüinos sirvan para nadar es una adaptación; el pelaje blanco de los zorros del Ártico es otra, porque los ayuda a confundirse con la nieve para despistar a los depredadores.

SI QUIERES SABER MÁS

Muchos animales, como los zorros árticos, tienen un pelaje espeso que conserva el calor.

¡CUÁNTOS ANIMALES!

Es difícil saber con exactitud cuántos animales viven en nuestro planeta. Los científicos han **identificado** casi dos millones de especies, pero es probable que haya muchas más. ¡Quizá existan decenas de miles de animales que aún no conocemos!

SI QUIERES SABER MÁS

Los científicos ordenan los animales en grupos, tales como familias y especies, basándose en las características que tienen en común. Esto se denomina clasificar.

CLASIFICAR AL LEÓN

REINO
animal

FILO
vertebrado

CLASE
mamífero

ORDEN
carnívoro

FAMILIA
felina

GÉNERO
grandes felinos

ESPECIE
leones

GLOSARIO

anfibio: animal que pasa tiempo en tierra pero debe convertirse en adulto y criar en el agua.

de sangre caliente: capaz de mantener el cuerpo a una temperatura constante sea cuál sea la temperatura exterior.

dieta: alimentos que toma un animal.

específico: preciso, determinado.

evolucionar: crecer y cambiar a lo largo del tiempo.

fuente: algo que ofrece un suministro de una cosa en particular.

hábitat: lugar natural donde vive un animal o una planta.

hongos: seres vivos que parecen plantas pero no fabrican su propio alimento; no tienen hojas, ni son de color verde.

identificar: averiguar el nombre o las características de algo.

medio ambiente: condiciones que rodean a un ser vivo e influyen en su modo de vida.

médula espinal: grueso cordón de tejido nervioso que parte del cerebro y baja por el interior de la columna vertebral.

organismo: ser vivo.

reptil: animal cubierto de escamas que respira aire, tiene columna vertebral y pone huevos.

temperatura: qué tan caliente o frío está algo.

PARA MÁS INFORMACIÓN

LIBROS

Booth, Edison. *Animals and Their Environments*. New York, NY: PowerKids Press, 2017.

Dunne, Abbie. *Animal Group Behavior*. North Mankato, MN: Capstone Press, 2017.

SITIOS DE INTERNET

Animales

www.ducksters.com/animals.php

Aquí encontrarás datos fascinantes sobre todo tipo de animales.

Clasificar animales

www.dkfindout.com/us/animals-and-nature/animal-kingdom/classifying-animals/

En este sitio de internet aprenderás cómo se clasifican los animales.

Nota del editor para educadores y padres: nuestro personal especializado ha revisado cuidadosamente estos sitios de internet para asegurarse de que son apropiados para los estudiantes. Muchos sitios de internet cambian con frecuencia, por lo que no podemos garantizar que posteriores contenidos que se suban a esas páginas cumplan con nuestros estándares de calidad y valor educativo. Tengan presente que se debe supervisar cuidadosamente a los estudiantes siempre que tengan acceso al Internet.

ÍNDICE